Anna Bärlin

Geschichten, die mein Leben schrieb

Auswirkungen

Bibliografische Information der Deutschen Nationalbibliothek:
Die Deutsche Nationalbibliothek verzeichnet diese Publikation
In der Deutschen Nationalbibliografie;
detaillierte bibliografische Daten sind im Internet über dnb.dnb.de abrufbar.

Layout: Dagmar Wienke
Fotos: Dagmar Wienke (Seite 20/21 23, 31, 49, 62)

Herstellung und Verlag:
BoD – Books on Demand, Norderstedt

ISBN: 978-3-7460-6899-2

Inhalt

Am Ende wird alles gut.
Wenn es nicht gut wird,
ist es noch nicht das Ende.

Oscar Wilde

Jeder Mensch
hat eine Geschichte.

Jeder Mensch
hat seine Geschichte.

**Geschichten,
die mein Leben schrieb.**

Meine Kindheit war ein Ponyhof

Ich bin in einer Arbeiterfamilie groß geworden. Wir lebten in einer Arbeitersiedlung. Die Männer arbeiteten alle in der gleichen Fabrik, die Frauen waren Hausfrauen und jede Familie hatte mindestens zwei Kinder, die meisten mehr. Wir waren viele Kinder. Wenn man mit jemandem spielen wollte, brauchte man nicht lange zu suchen. Ein Haus weiter gehen, klingeln, fragen, ob jemand Lust hat rauszukommen, noch ein Haus weiter gehen, klingeln, fragen, ob jemand Lust hat rauszukommen, ein Haus weiter gehen … solange, bis man alle zusammen hatte. Zur Not hatte man ja auch noch seine Geschwister. Bei uns war es einfach schön.

Hinter den Häusern war Wiese und auf der Wiese standen Pfosten. Zwischen den Pfosten konnte man eine Leine spannen und an diese Leine hängten die Frauen die Wäsche zum Trocknen auf. Wenn dort keine Wäsche zum Trocknen hing, stibitzten wir die Leine und die Wäscheklammern, nahmen einige Decken mit und bauten Buden. Oder wir haben auf dem Spielplatz gespielt, der gleich auf der anderen Straßenseite lag. Wir sind geschaukelt. Wir haben wettgeeifert, wer am höchsten schaukelt oder wer am weitesten springen kann. Im Sandkasten haben wir die tollsten Burgen gebaut, die tiefsten Tunnel gegraben und die Dörfer mit den schiefsten Brücken verbunden. Wir sind Seil gesprungen, haben Gummitwist oder mit Murmeln gespielt.

Neben dem Haus, in dem wir gewohnt haben, stand ein anderes Haus, und in diesem Haus wohnte im Erdgeschoss Frau Müller, eine alte, verwitwete Frau. Das Haus hatte auf der Seite, die zur Straße ging, nur ein Fenster, was uns dazu verführte, den Ball immer und immer wieder gegen die Häuserwand zu werfen und aufzufangen. Das taten wir so lange, bis sich Frau Müller beschwerte und meine Mutter uns bat, doch eine

Zeit lang etwas anderes zu spielen. Eine Pause für Frau Müller.

Einmal in der Woche durften wir lange aufbleiben und fernsehen. Dann hat die ganze Familie vor dem Fernseher gesessen und Dallas geguckt. Am allerschönsten war es aber, wenn Schnee fiel. Alle haben ihre Schlitten aus dem Keller geholt und sind zum Berg marschiert. Dann sind wir den ganzen Tag Schlitten gefahren. Man wusste ja nie, wie lange der Schnee liegen bleibt.

An einem Abend, wir sollten ins Bett gehen, fing es an zu schneien. Wir haben uns ans Fenster gestellt, die Schneeflocken beobachtet und gehofft und gebangt, obwohl am nächsten Tag genügend Schnee liegen würde, um Schlitten fahren zu können. Nach einer Weile schickte unsere Mutter uns ins Bett. Doch statt der Schlafanzüge zogen wir unsere Jacken, Mützen und Handschuhe an, sind nach draußen gegangen und haben eine Schneeballschlacht gemacht.

Wir hatten Hunde, Meerschweinchen und Vögel. Einer der Hunde war meiner und wir sind stundenlang durch den Wald gezogen. Ich habe meinem Hund beigebracht Türen zu öffnen und aus dem Fenster zu springen. Zehn Minuten zu Fuß entfernt war ein Bauernhof. Da bin ich eine Zeit lang hingegangen. Auf dem Bauernhof war ein Hundezüchter und ich habe geholfen, die Hunde zu füttern und die Ställe sauber zu machen. Mit den großen Hunden bin ich spazieren gegangen und mit den Welpen habe ich gespielt und gekuschelt. Auf dem Bauernhof gab es auch Pferde und ab und zu bin ich geritten. Später war ich in der Reitschule. Mein Vater ist mit uns durch den Wald gewandert und wir haben Pilze gesammelt. Meine Mutter hat sie zubereitet und die anderen haben sie gegessen. Abgesehen davon, dass ich keine Pilze mochte, war mir das Risiko zu groß.

In den Sommerferien bekamen wir den Ferienpass. Mit dem Ferienpass konnte man, so oft man wollte, ins Schwimmbad. Das haben wir ausgiebig genutzt. Von den anderen Sachen haben wir, zu meinem Bedauern, meistens nichts gemacht.

Schule war bei uns kein großes Thema. Meine Mutter hat uns gefragt, ob wir Hausaufgaben gemacht haben. Wenn wir ja sagten, reichte ihr das. Kontrolliert hat sie weder uns noch die Hausaufgaben. Eine drei war eine gute Note und Sitzenbleiben war kein Weltuntergang.

Meine Mutter

Nun ist sie tot und manchmal fühle ich mich alleine. Ich vermisse sie, besonders dann, wenn ich Trost brauche, so wie im Moment. Noch einmal in den Arm genommen werden und hören: Es ist doch alles gut. Und zu fühlen, ja, in ihren Armen ist alles gut. Hier werde ich nicht ausgenutzt und auch nicht hinters Licht geführt. Hier wird kein Theater gespielt um Dinge zu bekommen, die ich nicht bereit bin zu geben. Noch einmal ihr kleines Mädchen sein, behütet auf ihrem Schoß, in ihren Armen. Und zu fühlen, hier kann ich sein, wie ich bin, hier bin ich geliebt, wie ich bin, hier bin ich ich, und das ist in Ordnung.

Ich vermisse ihre Herzlichkeit. Als meine Schwester meine Mutter fragte, ob ihre Freundin Weihnachten bei uns feiern dürfe, weil ihre Eltern verreisen, hat meine Mutter keine Sekunde gezögert. An Weihnachten soll keiner alleine sein, war ihre Antwort, und so kam es, dass die Freundin meiner Schwester einige Jahre mit uns Weihnachten feierte. Geschenke hat sie natürlich auch bekommen.

Ich vermisse ihre Toleranz. Meine Mutter hatte kein Verständnis für Anfeindungen oder Übergriffe, weil jemand schwul ist. Die tun doch keinem was, hat sie immer gesagt und das doch jeder so leben soll, wie er es für richtig hält. Ihre Toleranz hat sich nicht nur auf die Sexualität bezogen, meine Mutter konnte Diskriminierung jeglicher Art nicht leiden.

Ich vermisse ihre Zufriedenheit. Ich kann mich nicht erinnern, dass meine Eltern mal essen oder ins Kino gegangen sind. Mein Vater ist hin und wieder in die Kneipe gegangen, aber auch das war selten. Wir sind nie in Urlaub gefahren und hatten kein Auto. Das Auto hätte uns auch nichts gebracht, weil meine Eltern beide keinen Führerschein hatten. Dafür hatten wir jeden morgen frische Brötchen, die meine Mutter beim Bäcker kaufte, bevor sie uns geweckt hat, wir hatten jeden Mittag ein frisch gekochtes Mittagessen und wir hatten zwei Wohnungen, was einfach der Masse an Leuten geschuldet war. Das einzige, das meine Eltern öfter gemacht haben ist, das sie mit dem Fahrrad zu einer Bekannten in deren Garten gefahren sind. Dort haben sie Kniffel oder Karten gespielt, bei der Gartenarbeit geholfen oder sich einfach unterhalten. Ich hatte nie das Gefühl, dass meine Eltern etwas vermissen, unglücklich oder unzufrieden sind.

Ich vermisse ihre Ruhe und Gelassenheit. Ich vermisse ihre Offenheit und Wärme, ihre Güte und Friedfertigkeit. Ich vermisse ihre Zuversicht und ihren Optimismus.

Ich vermisse, ihre Tochter zu sein.

Warum ich einmal dachte, ich müsse sterben

Da, wo ich als Kind aufgewachsen bin, gab einen Wald, in dem ich mit meinem Hund spazieren gegangen bin, es gab einen Spielplatz mit Schaukeln, Rutsche und Sandkasten, es gab einen Hinterhof, in dem wir Buden bauten, wenn dort keine Wäsche zum Trocknen hing, es gab jede Menge Kinder, wenn auch in meinem Alter kein Mädchen dabei war und ich meistens mit den Jungs gespielt habe, und, es gab hinter dem Spielplatz den Sandberg. Zwischen Spielplatz und Sandberg gab es einen Zaun, der Zaun hatte ein Loch und durch dieses Loch krochen wir, um auf dem Sandberg herumzuklettern. Der Sandberg bestand nicht nur aus Sand, zwischendurch gab es große und kleine Felsbrocken, die man nicht immer sah, weil sie unter dem Sand versteckt lagen und die Wege waren teilweise sehr schmal. Der Sand war braun-orange und ich konnte mich nach der Kletterei sauber machen wie ich wollte, meine Mutter fand immer irgendwo Sand und ich musste mir einen Vortrag über die Gefährlichkeit des Sandberges anhören, der immer mit

der Prophezeiung endete: „Eines Tages wird sich noch jemand den Hals brechen." Als ich mal wieder mit den anderen Kindern auf dem Sandberg herum geklettert bin, gab der Sand unter meinen Füßen nach und ich bin abgerutscht. Ich bekam einen Ast zu fassen, an dem ich nun hing. Über mir standen die anderen Kinder und riefen mir zu, dass ich zu ihnen hochklettern solle. Ich habe es versucht, aber es hat nicht geklappt. Ich merkte, dass ich da nur weg kam, in dem ich mich fallen ließ. Ich war der absoluten Überzeugung, dass ich das nicht überleben würde. Irgendwann schloss ich meine Augen und dachte, das war`s, schade. Vor meinem inneren Auge lief ein Film und mir wurden verschiedene Ereignisse aus meinem Leben gezeigt. Dann habe ich losgelassen. Irgendwann hörte ich die Stimmen der anderen Kinder und war verwundert, wie das sein könne. Dann dachte ich mir, vielleicht bin ich doch nicht tot und öffnete die Augen. Und siehe da, überlebt, ohne eine einzige Schramme.

Warum ich Lehrerin werden wollte

Ich bin immer gerne zur Schule gegangen. Ich mochte meine Grundschullehrerin und war eine durchschnittliche Schülerin, in Rechnen immer besser als in Sprache. Als es um den Schulwechsel ging, wollte meine Lehrerin, dass ich auf die Hauptschule gehe. Ich kann mich noch sehr gut an das Gespräch mit meiner Lehrerin und meiner Mutter erinnern. Ich sollte auf die Hauptschule gehen, weil ich aus einer Arbeiterfamilie komme und weil alle Kinder aus Arbeiterfamilien auf die Hauptschule kamen. Das wurde nicht so gesagt, es wurde einfach gemacht. Als ich mit meiner Mutter den Klassenraum verlassen hatte, sagte ich zu ihr, dass ich nicht mehr zur Schule gehen würde, wenn ich nicht auf die Realschule könne, so wie die meisten Kinder aus meiner Klasse. Meine Mutter hat sich umgedreht und an die Tür des Klassenzimmer geklopft. Sie sagte der Lehrerin, dass ich nicht mehr zur Schule gehen würde, wenn ich auf die Hauptschule müsse, ob ich nicht auf die Realschüler gehen könne, so wie die meisten Kinder. Meine Lehrerin hat sich meine Noten angeguckt und gesagt, dass ich auf Grund der Noten durchaus auf die Realschule könne und mich gefragt, ob ich meine, dass ich das ohne Hilfe von zu Hause schaffen würde. Ich sagte ja und bekam so die Empfehlung für die Realschule.

Befiehl dem
Herrn deine We-
ge und hoffe auf
ihn, er wird's
wohl machen.

Der peinlichste Moment meines Lebens

Als ich 16 oder 17 Jahre alt war hatte ich einen Freund. Der lebte mit seinen Eltern und mit seiner Schwester in einem eigenen Haus. Hin und wieder habe ich dort übernachtet. Eines Tages war es wieder so weit. Es war abends, und weil ich am nächsten Tag etwas vor hatte, hatte ich mir den Wecker gestellt. Also schlafen, aufstehen. Mein Freund hatte nichts vor und blieb im Bett liegen. Ich ging zum Badezimmer, abgeschlossen. Kein Problem, kannte ich ja von zu Hause. Wenn man in einer Großfamilie und in einer Wohnung mit nur einem Badezimmer aufwächst, kommt das häufig vor. Was macht man? Je nachdem, wie eilig man es hat, verteidigt man seinen Platz vor der Tür oder man versucht es später noch einmal. Was habe ich gemacht? Noch halb schlafend habe ich mich auf die Treppe gesetzt, die zum Elternschlafzimmer führte, und habe gewartet. Irgendwann ging die Badezimmertür auf und heraus kam – der Vater meines Freundes – splitterfasernackt. Er guckte mich an, ich guckte ihn an. Er ist an mir vorbei gegangen und im Elternschlafzimmer verschwunden. Ich kann mich nicht erinnern, dass mir irgendetwas anderes in meinem Leben je so peinlich war. Verschwunden wäre ich auch gerne, aus diesem Haus, aus der Stadt, von diesem Planeten. Aber, wie das im Leben nun einmal ist, wenn man mal ein Erdloch braucht, das einen verschlingt, ist gerade keines da. Ich bin ins Bad gegangen und habe erst einmal die Tür abgeschlossen. Was tun? Da bleibt nur eins, flüchten. Ab durch das Fenster. Das ging aber leider nicht, weil die Fenster dafür zu klein waren. Also blieb als einziger Weg nach draußen der durch die Tür. So ein Mist. Was soll ich nur sagen, wenn ich dem Vater begegne? An der Tür lauschen. Draußen ist es leise. Hoffen, beten und schnell in das Zimmer meines Freundes rennen. Ich weckte meinen Freund mit den Worten: „Ich habe deinen Vater nackt gesehen. Guck mal, wo der ist. Ich muss gehen und will ihm nicht noch mal begegnen." Nach dem ich ihm den Vorfall geschildert hatte, hat er sich vor Lachen fast in die Hose gemacht. Das machte mich so wütend, dass ich ihn angeschnauzt habe. Mein Freund hat mich dann zur Haustür gebracht und ich konnte das Haus verlassen, ohne dem Vater noch einmal zu begegnen. Heute kann ich auch drüber lachen.

Krieg gegen Frauen

**Krieg
gegen
Frauen**

Mauer

Jeder Mensch hat eine unsichtbare Mauer um sich. Diese Mauer bildet einen Schutzwall um seinen Körper und
NIEMAND hat das Recht, diese Mauer anzufassen, ein Loch in sie zu bohren oder sie gar einzureißen.
Diese Mauer ist dein ganz persönlicher Schutz.
Die Mauer hilft dir, dein bester Freund zu sein und dich selbst zu lieben.
Sie lässt dich deine Bedürfnisse, Gefühle und Wünsche spüren.
Sie sorgt dafür, dass du dich um deine Träume und um dich selbst sorgst.
Sie fördert deinen Selbstrespekt und deine Lebensfreude.
Sie hilft dir, deine Selbstachtung zu wahren und Mitgefühl für dich zu empfinden.
Nur mit ihr ist Selbstbewusstsein und Selbstvertrauen möglich.
Sie achtet darauf, dass du immer Subjekt bleibst und niemals Objekt wirst.
Sie schützt dich und deine Würde.

Das erste Mal

Sie freute sich, ein Treffen mit ihren Freundinnen. Da standen sie und lachten. „Hallo, ihr habt ja gute Laune. Was ist denn so lustig?" „Claudia hat von ihrem ersten Mal erzählt. Wie war es denn bei dir?" Mein erstes mal, ich kann mich sehr gut erinnern. Ich wollte irgendwohin, keine Ahnung wohin. An der Ecke vom Bunker hat mich ein Typ angesprochen, ich kannte ihn vom Sehen. Gesprochen hatte ich nie mit ihm. Die anderen Mädchen fanden ihn attraktiv. Ich nicht. Er hatte lange Haare und das gefiel mir nicht. Auf jeden Fall hat er mich angesprochen und mir gesagt, ich solle mit zu ihm kommen. Obwohl ich keinerlei Erfahrung hatte, wusste ich sofort, was er von mir wollte. Und ich wusste, dass ich es nicht wollte. Panik. Blockade. Leere. „Du kommst jetzt mit!" Keine Ahnung, was zu tun ist. Überforderung, Verzweiflung, keine Idee. Ankunft. Gefangen. „Zieh dich aus und leg dich ins Bett." Ich gehorche. Ich liege im Bett. Warte. Er kam, legte sich auf mich, drang in mich ein. Härte. Schmerz. Irgendwann war es vorbei. Er legte sich neben mich, aber aufstehen durfte ich nicht. Ich musste liegen bleiben, bis er eine geraucht hatte. Dann durfte ich aufstehen, mich anziehen und gehen. Das war mein erstes Mal. Aber das erzähle ich natürlich nicht, das behalte ich für immer für mich. „Also damals, lustige Geschichte …"

30

Kierkegaard staunt

Kierkegaard staunt in seiner Schrift „Furcht und Zittern" von 1843 über Abraham und Isaak. Gott fordert Abraham auf, statt des üblichen Widders, seinen geliebten Sohn Isaak zu opfern. Abraham macht sich mit Isaak klaglos auf den Weg zur Opferstätte. Im letzten Moment entbindet Gott Abraham von diesem Opfer. Kierkegaard staunt weder über den Gehorsam Abrahams noch über Gottes Schonung. *Sie wurden aus den Gefilden der Menschlichkeit und des väterlichen Schutzes herausgerissen, und trotzdem ist sich Abraham der Liebe zu seinem Sohn nach wie vor gewiss.* Kierkegaard fragt sich, wie Abraham und Isaak im Stande waren, danach genau so weiterzumachen wie bisher.

Albtraum 1

Ich bin unterwegs. Plötzlich merke ich, dass ich von zwei Männern verfolgt werde. Als sie merken, dass ich sie bemerkt habe, ziehen sie ihre Waffen und rennen los. Da beginne auch ich zu rennen. Ich höre ihre Schritte. Ich renne. Ich höre ihr keuchen. Ich renne. Ich höre sie reden. Ich renne. Ich renne um mein Leben und schaffe es doch nicht, sie abzuhängen. Da höre ich wie einer der beider Männer ruft: „Schieß."

Ich schrecke hoch. Wach. Es war nur ein Traum, Gott sei Dank. Ich bin müde und will weiter schlafen. Ich schließe meine Augen … und sehe mich rennen. Die beiden Männer hinter mir her, immer noch mit ihren Waffen in der Hand, der Albtraum. Irgendetwas zerrt an mir, zieht mich hinein in den Traum. Ich merke, wie ich immer weiter ins Schlafen gleite und das Wachsein abnimmt. So kann ich nicht schlafen. Ich wehre mich, nicht einschlafen, nicht träumen, richtig wach werden. Ich setze mich hin. Meine Augen fallen zu, ich bin so müde. Wieder sehe ich mich rennen. Die Männer richten ihre Pistole auf mich … wach bleiben, bloß nicht einschlafen. Ich stehe auf, gehe ins Bad und wasche mein Gesicht mit kaltem Wasser. Nur nicht schlafen.

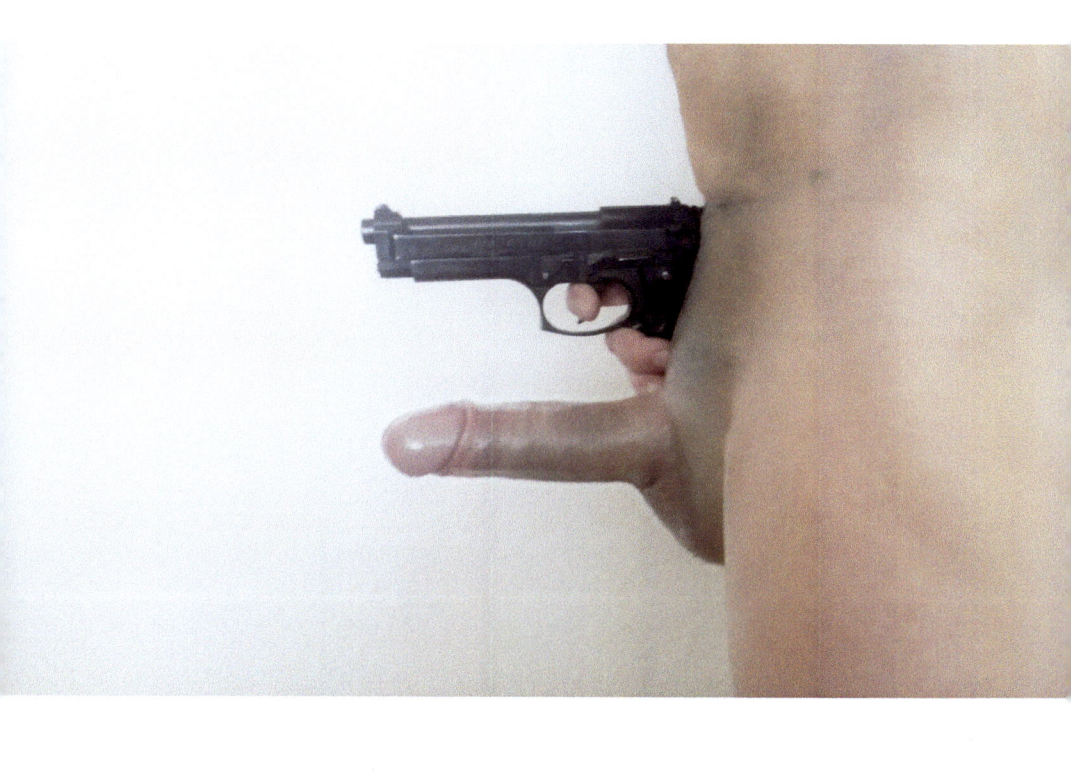

Ich halte das nicht aus.
Doch, sie halten das aus!

Warum Frauen nicht drüber reden

Irgendwann während der Therapie sagte mein Therapeut zu mir, dass viele Frauen sexuelle Übergriffe erleben, dass viele Frauen vergewaltigt werden und dass ich bestimmt Frauen kenne, die vergewaltigt worden sind. Aber, die Frauen sprechen nicht darüber. Das klang in meinen Ohren ein wenig vorwurfsvoll, obwohl es sicher nicht so gemeint war. Ich dachte mir nur, dass ich zu 1000% verstehen kann, warum Frauen nicht darüber sprechen. So eine tiefe Demütigung, Verachtung, Entwürdigung. Man wurde wie Dreck behandelt, wertlos wie eine Fußmatte, deren einziger Besitz Dreck, Staub und Asche ist. Verachtung. Tiefe Verachtung. Ein Makel.

Ich wär so gern meine Heldin gewesen

Ich wär so gern meine Heldin gewesen,
hätt dich angeschrien, lass das sein du Schwein.

Ich wär so gern meine Heldin gewesen,
hätt dir in den Schritt getreten, bis du betest.

Ich wär so gern meine Heldin gewesen,
hätt dich genommen
und verprügelt bis du zusammenbrichst ganz benommen.

Ich wär so gern meine Heldin gewesen,
hätt dich aus meinen Gedanken verbannt und wäre losgerannt.

Ich wär so gern meine Heldin gewesen,
hätt ein bisschen Mut gefunden und mich von dir losgebunden.

Ich wär so gern meine Heldin gewesen,
wär gewesen weder blockiert noch erstarrt,
dann wär mir geblieben tiefer Schmerz erspart.

Ich wär so gern meine Heldin gewesen,
war ich aber nicht.

Auswirkungen, direkt

Davor bin ich sehr gerne einkaufen gegangen, Lebensmittel für die Familie. Das habe ich dann nicht mehr getan. Es ging nicht. Die Gefahr, ihm zu begegnen, war viel zu groß, das Risiko konnte ich nicht eingehen. Natürlich verstand das keiner, wie auch. Davor brauchte mich meine Mutter nicht lange zu bitten. Das Einkaufen machte mir Freude, aber auch meiner Mutter zu helfen machte mich glücklich. Wenn meine Mutter mich nun bat einkaufen zu gehen war mir jede Ausrede, egal wie blöd sie war, gerade recht. Meine Mutter hat es natürlich nicht verstanden und wahrscheinlich auch gemerkt, dass irgendetwas nicht stimmte. Da kam mir gerade recht, dass mich eine Klassenkameradin fragte, ob ich mir nicht mal ihre Jugendgruppe ansehen wolle. Das wollte ich, denn die wussten schließlich nicht, wie ich vorher war und nun hatte ich auch immer eine gute Ausrede, um mich nicht mehr in meinem Viertel aufhalten zu müssen.

Warum ich beinahe die Chance verpasst hätte, einen tollen Menschen kennen zu lernen

Ich liege auf dem Sofa und habe keine Lust auf irgendwas. Duschen doof. Anziehen doof. Was zu essen machen doof. Lesen doof. Fernsehen doof. Sport ganz doof. Musik hören doof. Hörspiel hören doof.

Plötzlich eine Stimme in meinem Kopf: „Wenn es ihnen schlecht geht, dann schauen Sie auf ihre Liste und machen etwas, das ihnen Freude bereitet."

Die Liste hängt im Schlafzimmer und aufstehen und ins Schlafzimmer gehen und mir die Liste angucken steht definitiv nicht auf der Liste. Das weiß ich auch so, dafür muss ich nicht aufstehen. Aber Kaffee trinken steht auf der Liste. Jetzt eine leckere Tasse Kaffee, vom Italiener. Lieferservice wäre toll. Warum gibt es keinen Lieferservice für Kaffee? Oder gibt es den doch? Könnte ich ja mal googeln. Wo ist mein Handy? Auf dem Tisch. Ach ne, keine Lust aufzustehen, dann guck ich das ein anderes Mal nach. Der gute Bäcker könnte dass anbieten. Ich würde sogar ein Brot dazu kaufen, damit die nicht nur für den Kaffee vorbei kommen müssen. Der Park steht auf der Liste. Ich könnte mir einen Kaffee und ein Brötchen beim Bäcker kaufen und im Park frühstücken. Ein guter Kaffee und im Park sitzen. Also gut, aufstehen, duschen, anziehen, ab zum Bäcker und dann in den Park. Was man nicht alles für einen ordentlichen Kaffee macht. Jacke an und los geht's. Hoffentlich treffe ich unterwegs niemanden, den ich kenne. Da habe ich jetzt gar keine Lust drauf. Ich will jetzt mit niemandem reden.

Oh nein, warum ist es hier so voll? Soll ich mich hier jetzt wirklich anstellen, nur für ein Brötchen und einen Kaffee? Auf das Brötchen könnte ich verzichten, aber den Kaffee hätte ich schon gerne. Also anstellen. Es soll sich bloß keiner wagen, sich vorzudrängeln. Der kann aber was erleben. Ja, ich würde noch ein Brot nehmen, kauf doch gleich den ganzen Laden. Ja genau, Brötchen auch noch, und Kuchen natürlich auch. Wer soll das denn alles essen?

Da betritt jemand den Laden, den ich vom Laufen kenne. Ich wollte sie eigentlich bei nächster Gelegenheit ansprechen und fragen, wie das gekommen ist, dass sie umsonst nach Mallorca fliegen und über den Lauf schreiben durfte. Schreiben würde ich auch gerne und vielleicht kann sie mir ein paar Ratschläge geben. Jetzt habe ich aber keine Lust. Hoffentlich sieht sie mich nicht und spricht mich nicht an. Weggucken. Umdrehen. Wie lange dauert das hier noch? Immer noch drei Leute vor mir. Seufz. Wenn die alle so viel kaufen, dann bin ich morgen noch hier. Ich dreh mich um, da steht sie immer noch. Bisher hat sie mich noch nicht gesehen, zum Glück. Ist doch nicht wahr. Jetzt stehen wir bestimmt schon zehn Minuten hier und der Idiot überlegt erst was er haben will, wenn er dran ist. Ich krieg ne Krise. Ja natürlich, jetzt auch noch schön das Brot schneiden lassen. Klar, man hat ja sonst nichts zu tun als hier rumzustehen. Mal gucken, ob sie immer noch da steht.

„Hallo, wir kennen uns doch vom Laufen", höre ich mich plötzlich sagen. Warum rede ich denn, das wollte ich doch gar nicht.

„Ja stimmt", antwortet sie. „ Du bist doch immer mit den Leuten vom Lauftreff unterwegs."

„War ich, ich laufe seit 2 Jahren nicht mehr. Seit dem war ich nicht mehr so oft auf Laufveranstaltungen. Was ich dich immer mal fragen wollte, wie ist es dazu gekommen, dass du über den Lauf auf Mallorca geschrieben hast?" …

Wir haben eingekauft und uns vor der Bäckerei weiter unterhalten.

Ich weiß nicht, warum ich sie angesprochen habe, obwohl ich so gar keine Lust dazu hatte.

Ich kann nur sagen, was für ein Glück, dass ich es getan habe. Denn so ist eine wunderbare Freundschaft entstanden.

Bushaltestelle

Ich musste mit dem Bus zur Schule fahren. Nun war es aber so, dass mein Weg zur Bushaltestelle an genau der Ecke vorbei führte, an der er mich zwei Mal abgefangen hat. Morgens hatte ich weniger Angst ihm zu begegnen und bin meistens zu der Haltestelle gegangen. Mittags habe ich diese Haltestelle oft gemieden. Lieber habe ich einen Umweg in Kauf genommen und bin eine Haltestelle weitergefahren. Das führte zu Fragen. Meine Klassenkameradinnen wollten wissen, warum ich nicht mit ihnen aussteige und meine Mutter wollte wissen, warum ich später nach Hause komme. Ich hasste es, lügen zu müssen.

Albtraum 2

Ich stehe an der Haltestelle und warte auf die Bahn. Die Bahn kommt und ich steige ein. Ich setze mich ans Fenster und gucke nach draußen. Plötzlich kommt mir die Gegend unbekannt vor. Ich gucke mich um. Hier bin ich definitiv falsch. Wie kann das sein? Fährt die Bahn jetzt einen anderen Weg oder bin ich in die falsche Bahn gestiegen? An der nächsten Haltestelle steige ich aus. Ich laufe ein Stück zurück, die Gegend kenne ich und dort hält eine Bahn, die mich zu meinem Ziel bringt. Ich steige ein und setze mich ans Fenster. Die Bahn fährt los, die richtige Richtung, der richtige Weg. Ich gucke auf die Uhr, wie schön, ich werde noch pünktlich kommen. Mir gegenüber sitzt eine Frau mit Kind. Ich lausche ihrem Gespräch. „Wie weit noch?" „Nur noch drei Haltestellen," antwortet die Mutter, „dann steigen wir aus. Oststraße." Oststraße? Die kenne ich nicht. Wo bin ich? Ich gucke aus dem Fenster. Die Gegend kommt mir unbekannt vor. Das verstehe ich nicht. Das ist doch die richtige Bahn in die richtige Richtung. Ich frage die Frau, ob sie weiß, wo die Bahn hin fährt. „Richtung Innenstadt." Das ist die völlig falsche Richtung.

„Kreuzt die Bahn irgendwo die Linie 1?" „Ja, an der nächsten Haltestelle." Ich bedanke mich und steige aus. So, jetzt volle Konzentration. Linie 1 Richtung Stadion. Ich stehe an der richtigen Haltestelle. Da kommt eine Straßenbahn. Linie 1 Stadion steht vorne drauf. Alles richtig. Ich steige ein. Jetzt kann nichts mehr schief gehen. Vorsichtshalber behalte ich die Gegend im Auge. Die Bahn fährt los. Ich gucke aus dem Fenster. Alles richtig. Ich komme meinem Ziel näher. Die Bahn fährt um die Ecke, und ich kenne die Gegend nicht. Ich frage einen Mann, ob die Straßenbahn zum Stadion fährt. Er sagt, die Bahn fährt zum Hauptbahnhof, nicht zum Stadion. Das verstehe ich nicht. Vorne auf der Bahn stand doch Linie 1 Stadion. Wenn das so weiter geht, dann komme ich nie an. Panik steigt in mir auf. Ich schrecke hoch. Nicht schon wieder dieser Traum.

Sie sind nicht schuld. Ich habe mich nicht gewehrt.
Sie sind nicht schuld.
Sie sind nicht schuld.
Sie sind nicht schuld.
Sie sind nicht schuld. Aber …
Sie sind nicht schuld.
Sie sind nicht schuld.
Sie sind nicht schuld.
Sie sind nicht schuld.
Sie sind nicht schuld.
Sie sind nicht schuld.
Sie sind nicht schuld.

Unschuldig

15

Du bist gegangen, ohne einen Abschiedsgruß, ohne einen letzten Kuss, ohne Umarmung.

Du bist weiter gegangen, ohne dich noch einmal umzudrehen, und hast mich zurückgelassen.

Du bist fort und ich bin allein, du lebst weiter und für mich bleiben nur die Erinnerungen.

Erinnerst du dich an mich?
Erinnerst du dich, dass wir eins waren, davor?
Erinnerst du dich, dass wir glücklich waren, davor?
Bitte, erinnere dich.

Hast du mal an mich gedacht und dich gefragt, wie es mir geht, was ich mache, was aus mir geworden ist?

Hast du mal an mich gedacht, oder schmerzen die Erinnerungen an mich zu sehr, drohst du zu ersticken, zusammenzubrechen?

Hast du mal an mich gedacht, oder hast du mich ganz und gar aus deinem Leben verbannt?

Erinnerst du dich an mich?
Erinnerst du dich, dass wir eins waren, davor?
Erinnerst du dich, dass wir glücklich waren, davor?
Bitte, erinnere dich.

Ich wüsste gerne, wie es dir geht, was du machst, wer du geworden bist.

Ich würde gerne deine Stimme hören, deinen Körper riechen, mit dir sein.

Ich denke oft an dich, vermisse dich. Werden wir jemals wieder eins?

Erinnerst du dich an mich?
Erinnerst du dich, dass wir eins waren, davor?
Erinnerst du dich, dass wir glücklich waren, davor?
Bitte, erinnere dich.

Lass mich frei und nimm die Last von meinen Schultern.
Lass mich frei, denn ich bin unschuldig.
Lass mich frei und hol mich zurück.
Lass mich frei und liebe mich.

Erinnere dich an mich!

Ich halte das nicht aus.
Doch, sie halten das aus!

Auswirkungen, indirekt

Zu sehen, dass das Ereignis weitreichende Folgen für mein Leben hatte,
hat mich tief getroffen und verletzt.

In dem Jahr die Klasse wiederholt
Selbstwert und Lebensfreude eingebüßt
verlernt, sich Hilfe zu holen
sich nicht für sich selbst einsetzen
alles ziemlich lange erdulden
niemanden wirklich nah an sich ran lassen
kein Gespür für die eigenen Wünsche und Bedürfnisse
unangenehme Dinge nicht ansprechen
Uni abgebrochen
nicht schreiben können

45

Warum das nicht geht:

Fühle ich dich, werde ich unruhig und unsicher.
Rieche ich dich, fühle ich mich schwach und kraftlos.
Denke ich an dich, bin ich klein und hilflos.
Höre ich von dir, ergreife ich die Flucht.
Sehe ich dich, schäme ich mich.

Du bist all mein Übel.

Verachtung
Scham
Angst
Schuld
Schwäche
Versagens-
ängste
Schmerz
Pandora

Albtraum 3

Ich gehe spazieren. Plötzlich kommt ein Mann von hinten, packt meine Handgelenke und hält mich fest. Ein anderer Mann kommt von vorne und versucht mir an die Brust und zwischen die Beine zu fassen. Panik steigt in mir hoch, ich habe Angst. Da höre ich eine Stimme: Wehr dich. Ein kleines, weises flehen: Hilfe.

Phantastisch

Sie hörte Hufgetrampel und ein weißes Pferd mit schwarzen Punkten drängte sich zwischen sie und den Mann, der vor ihr stand. Der Mann packte die Reiterin am Bein und versuchte, sie vom Pferd zu ziehen. Das kleine Mädchen auf dem Pferd schlug mit einer Gerte auf ihn ein. Der

Mann schrie vor Schmerz, ließ die Reiterin los und floh. Dann lenkte die Reiterin ihr Pferd zu dem zweiten Mann und schlug ihn ebenfalls mit der Gerte in die Flucht. Die Reiterin beugt sich zu dem Mädchen runter und fragte sie, wie sie heiße.

„Maja", antwortete das Mädchen.

„Ist alles in Ordnung mit dir?" Das Mädchen nickte.

„Wir sind noch nicht fertig. Jetzt müssen wie die Feiglinge erst mal wieder einfangen. Gib mir deine Hand."

Maja gab ihr die Hand und das kleine Mädchen zog sie auf das Pferd.

„Halt dich fest", rief sie und schon galoppierten sie los.

Als sie den Mann eingeholt hatten, sprang die Reiterin vom Pferd. Sie lief ihm hinterher und brachte ihn zu Fall. „Bleib besser liegen, ich bin sowieso stärker als du."

Maja schaute sich dieses kleine mutige Mädchen an und dachte: Irgendwas ist anders. Da erschien am Himmel ein großer roter Feuerball. Ein Drache flog auf sie zu. Maja war überrascht als sie erkannte, dass zwei Leute auf dem Drachen saßen. Kaum war der Drachen gelandet, packte die Frau den Mann und schmiss ihn auf den Boden. Die Frau wandte sich dem kleinen Mädchen zu. „Pippi Langstrumpf, auch wenn ich mich immer freue dich zu sehen, sehen wir uns in letzter Zeit doch viel zu häufig."

Pippi strahlte die Frau an und erwiderte: „Lisbeth Salander, da muss ich dir recht geben." Sie drehte sich um. „Das da oben auf dem Pferd ist Maja." Lisbeth schaute sie an und sagte: „Hallo. Bleib da oben sitzen, wir haben hier noch etwas zu erledigen."

Pippi stellte sich auf die Zehenspitzen und umarmte ihre Freundin. Gerade als sie sich los machen wollte, packte einer der Männer ihr Fußgelenk und riss sie zu Boden. Lisbeth trat dem Mann mit aller Kraft auf den Arm und der Mann schrie. Lisbeth reichte Pippi eine Hand, zog sie hoch und sagte: „Lächerlich, als ob der wüsste, was Schmerz ist."

Pippi klopfte ihre Kleidung ab und lächelte ihre Freundin an. „Sag, wie geht es dir und sind alle anständig oder müssen wir eingreifen?"

„Keine Zeit für Plaudereien."

Eine ältere Frau näherte sich von hinten. Pippi und Lisbeth strahlten über das ganze Gesicht, als sie die Frau erkannten. Sie begrüßten sich herzlich, dann wandte sich die Frau an Maja. „Hallo, ich bin Marlene Dietrich."

Sie tätschelte Kleiner Onkel den Hals und sprach dann zu den beiden Männern: „Ihr bekommt gleich eine Spritze von mir. In dieser Spritze ist ein Chip, durch den Chip wissen wie jeder Zeit, wo ihr euch aufhaltet. Und wir beobachten euch. Solltet ihr euch einer Frau gegenüber noch einmal respektlos und ungebührlich verhalten, kommen wir und, Gnade Gott, was wir dann mit euch machen. Solltet ihr versuchen den Chip los zu werden, kommen wir und setzten euch hundert neue ein. Guckt ihr eine Frau auch nur schief an oder seid unfreundlich, dann kommen wir und ich kenne aus dem Krieg die ein oder andere Foltermethode. Habt ihr das verstanden?"

Die Männer nickten. Lisbeth fragte die beiden, ob das mit der Spritze so gehe oder ob sie festgehalten werden müssten. „Geht so", murmelten beide gleichzeitig. Die Männer bekamen ihre Spritze und Marlene richtete noch einmal das Wort an sie: „Überlegt euch, wie ihr den Rest eures Lebens eure Mitmenschen behandelt wollt. Wollt ihr weiterhin Kotzbrocken und Abschaum sein, denn wenn ihr die Menschen auf diese Art und Weise behandelt seid ihr das oder wollt ihr zu einem friedvollen und würdevollen Leben auf Mutter Erde beitragen? Denkt darüber nach und vergesst nicht, dass wir euch immer im Blick haben. Und nun geht." Die Männer guckten überrascht. „Auf mit euch, ihr könnt gehen." Zögerlich standen sie auf und gingen.

„Ihr habt denen aber nicht wirklich Computerchips gespritzt, oder?", fragte Maja, die noch immer auf dem Pferd saß.

„Doch" erklärte Lisbeth. „Ich beobachte die Idioten am PC und wenn sie noch mal einer Frau was antun wollen, dann knöpfen wir sie uns vor."

„Und was macht ihr dann mit denen?"

„Das willst du gar nicht wissen", sagte Marlene und allen war klar, dass damit das Gespräch beendet war. Nach einer kurzen Pause fragte Pippi: „Maja, wo würdest du jetzt gerne sein?"

Maja überlegte kurz und sagte dann: „Am Meer."

„Okay, dann steig um." Maja guckte verdutzt. „Runter vom Pferd und rauf auf den Drachen. Keine Angst, der beißt nicht."

Pippi strahlte über das ganze Gesicht und da wusste Maja, was eben anders war. Alle kletterten auf den Drachen, selbst Kleiner Onkel. Sie flogen über Wälder und Seen, Täler und Berge. Die frische, kühle Luft tat ihnen gut und sie genossen die Aussicht. Nach einiger Zeit landeten sie am Strand.

„Und was jetzt?"

„Lasst uns den Anblick genießen. Kommt, wir setzen uns in den Sand." Sie saßen im Sand und blickten auf das Meer, jede in ihre Gedanken versunken …

Irgendwann hörten sie ein Summen. Sie standen auf und suchten den Ursprung dieser kleinen, feinen Melodie. Eine Frau kam auf sie zu. Sie brachte das Summen mit.

Als sie zu Ende gesummt hatte blieb sie stehen und fing an zu singen:
Ich seh' dich heut und an jenem Tag,
dort, wo er dich gefangen hat.
Furchtbares trug sich zu an diesem einen Tag,
du, du bist, die er genommen hat.
Das Lied erklang erneut, doch dieses Mal mit einer anderen Stimme:
Ich seh' dich heut und an jenem Tag,
dort, wo er dich gefangen hat.
Furchtbares trug sich zu an diesem einen Tag,
du, du bist, die er genommen hat.
Eine weitere Frau kam auf sie zu. Und als diese zu Ende gesungen hatte,
kam noch eine und sang das gleiche Lied erneut:
Ich seh' dich heut und an jenem Tag,
dort, wo er dich gefangen hat.
Furchtbares trug sich zu an diesem einen Tag,
du, du bist, die er genommen hat.

Der Gesang endete erst, als sie das Lied sieben Mal gehört und sieben
Frauen einen Kreis um sie gebildet hatten. Eine der Frauen ergriff das
Wort: „Liebe Maja, was du gehört hast, das ist das Lied der Gefährtin-
nen, und wir sind deine Gefährtinnen. Wir kommen immer dann, wenn
wir spüren, dass jemand in Not ist und unsere Hilfe braucht."
Eine der Frauen ging zu Maja, nahm ihre Hände, schaute ihr in die
Augen und sprach: „Ich bin Dharma. Ich komme, wenn Ruhe und Frie-
den fehlt. Bevor du über dich urteilst, frage dich, was würde ich meiner
Freundin raten, wenn sie zu mir käme und mir genau diese Frage stellen
würde. Dann überlege, ob du für dich nicht die gleiche Sanftmütigkeit

und Fürsorge walten lassen kannst wie für sie. Und ich bin dein Zufluchtsort. Wenn dir alles zu viel wird, dann komme ich und zeige dir meine Welt."

Sie blickte Maja tief in die Augen und sagte: „Du bist nicht schuld. Glaube nicht alles, was du denkst. Gedanken sind wirklich nur dies - Gedanken." Sie schwieg einen Augenblick, dann malte sie Maja ein Symbol auf die Stirn und ging zurück, dorthin, wo sie zuvor gestanden hatte. Es war still. Nach kurzer Zeit summten die Gefährtinnen ihr Lied und Maja summte mit.

Eine andere Frau ging zu Maja, nahm ihre Hände, schaute ihr in die Augen und sprach: „Ich bin Valerie. Ich komme, wenn die Trauer einen Weg nach außen sucht. In dir ist sie sowieso, auch wenn du sie verdrängst und verleugnest. Du bist nicht schwach, wenn du sie ihre Arbeit machen lässt, genau in diesem Augenblick bist du stark. Der Schmerz, den sie verursacht, vergeht nur, wenn du ihm Beachtung schenkst. Sei so nett, er wird es dir mit Güte danken." Sie blickte Maja tief in die Augen und sagte: „ Lebe achtsam. Nimm dir regelmäßig Zeit und schaue nach innen, lebe im Hier und Jetzt. Ein jeder sieht, was er im Herzen trägt."

Sie schwieg einen Augenblick, dann malte sie Maja ein Symbol auf die Stirn und ging zurück, dorthin, wo sie zuvor gestanden hatte. Es war still. Nach kurzer Zeit summten die Gefährtinnen ihr Lied und Maja summte mit.

Eine andere Frau ging zu Maja, nahm ihre Hände, schaute ihr in die Augen und sprach: Ich bin Sophie. Ich komme, wenn der Trost fehlt. Du bist es wert, getröstet zu werden." Sie blickte Maja tief in die Augen und sagte: „Vielleicht aber bin ich zu früh. Wenn du deine Sicht auf die Dinge veränderst, verändern sich die Dinge, die du siehst." Sie schwieg einen Augenblick, dann malte sie Maja ein Symbol auf die Stirn und ging zurück, dorthin, wo sie zuvor gestanden hatte. Es war still. Nach kurzer Zeit summten die Gefährtinnen ihr Lied und Maja summte mit. Eine andere Frau ging zu Maja, nahm ihre Hände, schaute ihr in die Augen und sprach: Ich bin Molly. Ich komme, wenn sich jemand verletzt und beschmutzt fühlt. Wenn jemand dessen beraubt wurde, dass ihn schützen soll, sein Schutzwall, seine Würde." Sie blickte Maja tief in die Augen und fragte: „Warum darf er über deinen Wert, deine Achtung und deine Lebensfreude bestimmen? Lass los und verbanne ihn aus deinem Leben." Sie schwieg einen Augenblick, dann malte sie Maja ein Symbol auf die Stirn und ging zurück, dorthin, wo sie zuvor gestanden hatte. Es war still. Nach kurzer Zeit summten die Gefährtinnen ihr Lied und Maja summte mit.

Eine andere Frau ging zu Maja, nahm ihre Hände, schaute ihr in die Augen und sprach: „Ich bin Melodia. Ich komme, wenn die Körperlichkeit, die Beweglichkeit und der Rhythmus verloren gegangen sind. Ich bringe Musik und Freude mit." Sie blickte Maja tief in die Augen und sagte: „Gib dich nicht auf. Beeindrucke nicht deine Freunde. Beeindrucke dich selbst." Sie schwieg einen Augenblick, dann malte sie Maja ein Symbol auf die Stirn und ging zurück, dorthin, wo sie zuvor gestanden hatte. Es war still. Nach kurzer Zeit summten die Gefährtinnen ihr Lied und Maja summte mit.

Eine andere Frau ging zu Maja, nahm ihre Hände, schaute ihr in die Augen und sprach: „Ich bin Hedwig. Ich komme, wenn dir nach Streit und Kampf zumute ist. Ich mache eine Kriegerin aus dir."

Sie blickte Maja tief in die Augen und sagte: „Habe keine Angst großartig zu sein." Sie schwieg einen Augenblick, dann malte sie Maja ein

Symbol auf die Stirn und ging zurück, dorthin, wo sie zuvor gestanden hatte. Es war still. Nach kurzer Zeit summten die Gefährtinnen ihr Lied und Maja summte mit.

Nun ging die letzte Frau zu Maja, nahm ihre Hände, schaute ihr in die Augen und sprach: „Ich bin Freya. Ich komme, wenn die Liebe fehlt. Du bist liebenswert, und du bist schön." Sie blickte Maja tief in die Augen und sagte: „Es ist kein Makel, weiblich zu sein. Schön ist alles, was man mit Liebe betrachtet." Sie schwieg einen Augenblick, dann malte sie Maja ein Symbol auf die Stirn und ging zurück, dorthin, wo sie zuvor gestanden hatte. Es war still. Nach kurzer Zeit summten die Gefährtinnen ihr Lied und Maja summte mit.

Nun kennst du uns. Wir kommen in deiner größten Not und stehen an deiner Seite. Sie summten noch einmal ihr Lied und verschwanden dann in alle Richtungen.

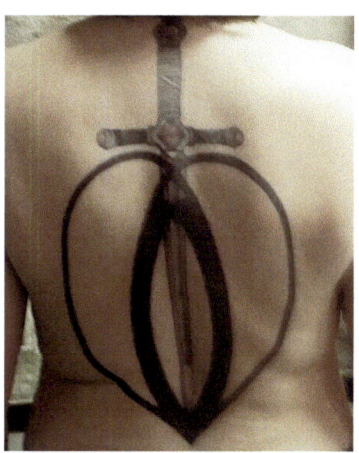

Überwindung

Substantiv [die]
der Vorgang, dass man etwas tut,
obwohl man einen Widerwillen
dagegen spürt.

Mut und Überwindung

Es gibt nichts, dass mich jemals so viel Mut und Überwindung gekostet hat, wie, einer Arbeitskollegin von dem Missbrauch zu erzählen. Stein des Anstoßes war Schwindel.

Es war Wochenende, ich bin nachts aufgewacht und mein Zimmer hat sich gedreht, in einem irren Tempo. Ich hatte das vorher schon mal und mein Therapeut meinte, dass da was raus will. Das ist mir eingefallen, als ich in der Nacht mit dem Schwindel gekämpft habe. Was da raus wollte war mir klar. Wollte ich es raus lassen? Ich wollte, dass der Schwindel aufhört und ich wollte schlafen. Also habe ich überlegt, wem ich davon erzählen könnte und da ist mir meine Arbeitskollegin eingefallen. Da wir uns montags auf der Arbeit sehen würden, dachte ich, okay, ich erzähle es am Montag meiner Kollegin. Und, der Schwindel war weg. Ich staunte. Wenn das so einfach war, dann konnte ich meinen Schwindel abstellen, in dem ich ihm sagte, ich würde es später erzählen. Es dann aber doch nicht tun. Und, da war der Schwindel wieder. Hinters Licht führen ließ er sich also nicht. Okay, ich erzähle es am Montag. Wirklich. Ehrlich. Da verschwand der Schwindel und ich konnte weiter schlafen.

Als ich am nächsten Morgen aufgewacht bin, drehte sich mein Schlafzimmer wieder. Der Schwindel, er misstraute mir wohl. Ich versicherte ihm erneut, dass ich es am Montag erzählen würde. Wirklich und wahrhaftig. Da hörte mein Zimmer auf, sich zu drehen.

So kam es, dass ich am Montag all meinen Mut zusammen genommen, mich überwunden und es meiner Kollegin erzählt habe.

Auf dem Weg nach Hause hatte ich die ganze Zeit ein Grinsen im Gesicht. Ich war ganz zufrieden, glücklich und auch beeindruckt. Wenn ich das geschafft hatte, dann würde ich alles schaffen.

Und der Schwindel hat sich seit dem auch nicht mehr blicken lassen.

Mut

Mut ist nicht
die Abwesenheit von Angst,
sondern,
es trotzdem zu tun.

Unbekannt

Die Angst vor Ablehnung und Versagen überwinden

Ein neuer Tag hat begonnen.
Ich mache diesen Tag zu einem schönen Tag für mich und begegne ihm mit einem Lächeln. Was gestern gewesen sein mag, ist vorbei. Was zählt, ist der heutige Tag.

Was auch immer heute auf mich zukommen mag, ich kann damit umgehen und es bewältigen.

Was auch immer ich tue, mein Wert als Mensch bleibt gleich. Ich akzeptiere mein Verhalten für den Augenblick. Ich werde ruhig und gewissenhaft nach den Ursachen für mein Verhalten suchen und so dazulernen. Gelingt mir heute im Laufe des Tages etwas gut, dann lobe ich mich dafür und freue mich darüber.

Anderen Menschen begegne ich mit Gelassenheit. Sie dürfen über mich denken und sagen, was sie wollen. Das ist nur deren Meinung. Mein Wert bleibt gleich. Ich bleibe immer gleich. Ich akzeptiere mich so, wie ich bin. Ich bin liebenswert, so wie ich bin.

Andere haben das Recht, zu tun und zu sagen, was sie sagen. Ich bestimme, wie ich mich fühle. Ich bin für mich der wichtigste Mensch in meinem Leben, denn ich kontrolliere mein Leben. Ich begegne mir mit Achtung. Ich nutze die Chance, diesen Tag zu einem schönen Tag für mich zu machen.

Rolf Merkle

Akzeptanz

Es reicht nicht sich hinzustellen und zu denken: Ich wurde vergewaltigt. Akzeptiert. Fertig. Das war's. Das Leben kann weiter gehen. Das klappt nicht, ich habe es ausprobiert.

Akzeptanz bedeutet Konfrontation/Auseinandersetzung und ist damit das Gegenteil von Vermeidung. In diesem Fall bedeutet Konfrontation/ Auseinandersetzung: Reden und Fühlen.

Das ist mir so verdammt schwer gefallen. Anfangs habe ich nicht viel gesagt, ich wollte nicht reden, ich wollte mit diesem Teil meines Lebens nichts zu tun haben. Mein Therapeut redete und ich hörte zu. Ich war von den Gefühlen und Gedanken, die da plötzlich waren, überwältigt. Sie waren so intensiv, als würden sie mich anschreien und anflehen, endlich raus zu dürfen. Sie durften nicht. Ich fragte meinen Therapeuten, wo denn auf einmal all die Gefühle her kommen und er antwortete, dass die vielleicht immer schon da waren, aber bei Seite geschoben wurden. Ich konterte: Dann können die auch da bleiben. Er gab zu bedenken: Es könnte aber auch sein, dass das negative Auswirkungen hat. Ich: Was soll das sein? Er: Vielleicht ist das der Grund, warum sie nachts nicht schlafen können.

Das war leider ein unschlagbares Argument. Aber eine Sorge hatte ich noch. Ich hatte das Gefühl, dass ich das nicht aushalten könne, all die negativen Gefühle, all das Übel.

Mein Therapeut erinnerte mich daran, dass ich ja noch meine Liste mit Aktivitäten, die mir Freude bereiten, habe, und das ich was von der Liste machen soll, wenn es mir schlecht geht, dann würde es besser werden. Ich hatte meine Zweifel. Ich konnte mir nicht vorstellen, dass Kaffeetrinken, Spazierengehen oder Kochen gegen dieses Übel ankommt. Doch, es hat funktioniert, auch wenn ich manchmal geduldig sein und

eine zweite Tasse Kaffee trinken oder einfach weiter laufen musste.
Dank der Auseinandersetzung kann ich heute sagen:

Ja, ich bin vergewaltigt worden.
Ja, das hat mich tief verletzt.
Ja, es tut sehr weh, so behandelt zu werden.
Ja, es hatte Auswirkungen auf mein Leben.
Ja, das schmerzt.
Ja, ich halte das aus.

46

Warum es jetzt doch geht:
Weil die Therapie geholfen hat.

Ja, ich kann das aushalten.
Ja, wir haben unser bestes gegeben.
Ja, wir sind unschuldig.
Ja, wir sind die Guten.
Ja, wir vergeben uns.
Ja, wir sind zuversichtlich.
Ja, wir entscheiden, wie es weiter geht.

Ich bin gegangen, und habe dich zurückgelassen.
Ich bin weiter gegangen, aber nicht weiter gekommen.
Ich war fort doch niemals allein, von nun an sollte ein Schatten mein
ständiger Begleiter sein.

Ich bin nicht frei, ohne dich.
Ich bin nicht gut, ohne dich.
Ich bin nicht ich, ohne dich.
Ohne dich geht es nicht.

Es war so schwer dir in die Augen zu sehen.
Es war so schwer zu dir zu stehen.
Es war so schwer dich anzunehmen, ein Kampf auf Messerschneide.
Aber,

ich bin nicht frei, ohne dich.
Ich bin nicht gut, ohne dich.
Ich bin nicht ich, ohne dich.
Ohne dich geht es nicht.

Ein langer Weg voller Schmerz und Traurigkeit.
Ein langer Weg voller Mut und Tapferkeit.
Ein langer Weg voller Wachstum und Reifung, führte mich zu dir.
Denn,

ich bin nicht frei, ohne dich.
Ich bin nicht gut, ohne dich.
Ich bin nicht ich, ohne dich.
Ohne dich geht es nicht.

Jetzt sind wir frei und schwerelos.
Jetzt sind wir frei und stark wie nie zuvor.
Jetzt sind wir frei und voller Ideen.
Jetzt sind wir frei und können allein weiter geh'n.

Zusammen.

Liebe die

WAHRHEIT

doch verzeihe den Irrtum.

Voltaire

Therapie

Warum habe ich die Therapie angefangen habe: Innerhalb kürzester Zeit waren aus meinem engen Umfeld zwei Menschen gestorben. Bei der ersten Beerdigung war ich, schließlich war meine Mutter gestorben, aber zur zweiten Beerdigung bin ich nicht hingegangen. Ich dachte, nein, nicht schon wieder, das halte ich nicht aus. Ich wollte nicht schon wieder diesen Schmerz, und, vielleicht auch nicht schon wieder ein bisschen Verzweiflung spüren. Nicht schon wieder Abschied nehmen. Nicht schon wieder so traurig sein.

Irgendwann konnte ich nicht mehr schlafen. Ich konnte nicht einschlafen, und schlief ich dann doch irgendwann, wachte ich ziemlich schnell wieder auf und lag den Rest der Nacht wach im Bett. Ich war sooo müde, sooo genervt, sooo reizbar, sooo erschöpft.

Gerne hätte ich meinem Chef die Schlüssel vor die Füße geworfen und ihm gesagt, er solle den Mist alleine machen. Am liebsten hätte ich mich ins Bett gelegt, die Decke über den Kopf gezogen und drei Monate durchgeschlafen. Ruhe. Ruhe und schlafen. Was für ein Luxus. Da ich es mir aber nicht leisten konnte meinen Job aufzugeben, schleppte ich mich jeden Tag zur Arbeit. Die Arbeit litt, ich litt. Ich merkte, dass ich gereizter und ungeduldiger wurde und wollte nicht das Risiko eingehen, in einem schwachen Moment aus einem Impuls heraus doch noch meinem Chef die Schlüssel vor die Füße zu werfen. Und ich wollte schlafen. Einfach nur schlafen. Ich merkte, dass ich das nicht alleine schaffen würde und habe mir Hilfe gesucht. So begann ich mit der Therapie.

Am Anfang bekommt man einen Fragebogen. Es geht um den Lebenslauf und um die Frage, ob irgendwann irgendetwas besonderes passiert ist. Es war etwas passiert und ich habe lange überlegt, ob ich es aufschreibe oder nicht. Schließlich habe ich mich dazu entschieden es aufzuschreiben. Ich war der Meinung, wenn ich nicht ehrlich bin, brauche ich auch nicht die Therapie zu machen. Ehrlich zu mir, zu niemandem sonst. Also habe ich es aufgeschrieben: Vergewaltigung. Gruselig. Darüber reden wollte ich aber auf keinen Fall.

Wir machten Entspannungs- und Achtsamkeitsübungen und haben den Lebenslauf durchgesprochen. Nach dem wir mit dem Lebenslauf fertig waren haben wir besprochen, über was ich in der Therapie reden möchte. Ich wollte über den Tod meiner Mutter und der anderen Person sprechen, was ich beruflich machen könnte, berufliche Veränderung. Das Thema Vergewaltigung gehörte nicht dazu.

Und das haben wir dann auch gemacht. Erst haben wir über den Tod gesprochen, dann über die Arbeit und was ich wohl mal machen könnte. Dann bin ich in Kur gefahren. In der letzten Sitzung vor der Kur sagte mein Therapeut zu mir, dass ich mir in der Kur ja mal überlegen könne, ob ich nicht doch über die Vergewaltigung sprechen möchte.

Die Kur hat mir so gut getan. Ich konnte schlafen, ich habe Sport gemacht, Entspannungsübungen, ich habe Massagen bekommen, verschiedene Therapien, und man musste sich um absolut nichts kümmern. Am Anfang der Woche hat man einen Wochenplan bekommen und da stand drauf, wann man welche Anwendung hat, wo man hin kommen und was man mitbringen soll. Z.B. Montag 11:00 Uhr Massage. Raum 015, Bitte bringen Sie ihr großes weißes Handtuch mit. Das hat mir gut gefallen, dass man nicht einmal darüber nachzudenken brauchte, was man mit nehmen muss.

In der Gruppentherapie ist mir ziemlich schnell aufgefallen, dass ich Probleme damit habe, mich zu öffnen und zu mir zu stehen. Alle anderen schienen das Problem nicht zu haben. Und dann war da ja auch noch die Anregung meines Therapeuten. All das hat mich zu der Über-zeugung gebracht, dass es vielleicht doch gar nicht so schlecht wäre, mal über die Vergewaltigung zu reden. Und da ich mich ganz gut kenne und genau wusste, dass ich es eh nicht machen würde, wenn ich aus der Kur zurück bin, habe ich meinem Therapeuten einen Brief geschrieben. Ich habe ihm geschrieben, das wir irgendwann mal darüber reden können und das es mir auf jeden Fall schwer fallen wird. Dann habe ich ge-schrieben, was passiert ist. Besser schreiben als reden.

So kam es, dass mein Therapeut das Thema angesprochen hat, wohl wis-send, dass ich das niemals tun würde. Ich habe zugehört, ja oder nein konnte ich meistens sagen. Es gab aber auch Situationen, da habe ich gar nichts gesagt. Zwischendurch habe ich dann doch mal was erzählt, und dann auch wieder nicht. Das Zuhören hat mir geholfen. Es hat mich dazu gebracht, über das Thema nachzudenken und die Sache aus einem ande-ren Blickwinkel zu betrachten. Es war eine aufwühlende Zeit.

Ich bin froh, es gemacht zu haben.

Freiheit

Freiheit bedeutet,
wie Du dich entscheidest,
mit dem umzugehen,
was Dir angetan wurde.

Jean-Paul Sartre

Entscheidung

Eines Tages habe ich mich ins Auto gesetzt und bin zu dem Haus gefahren, in dem es passiert ist. Ich habe vor dem Haus geparkt und bin im Auto sitzen geblieben. Das Haus hat jetzt eine andere Farbe, sonst ist alles gleich, selbst das Gitter an der Treppe. Dann bin ich ausgestiegen und habe mir die Namen an der Klingel durchgelesen. Warum weiß ich auch nicht, denn ich kenne seinen Namen nicht. Als ich wieder im Auto saß, habe ich mir die Gegend und die Leute, die da rum liefen, angeguckt. Was für ein Drama sich vor langer Zeit dort in der Wohnung unten links für mich abgespielt hat und die Leute, die da jetzt wohnen, haben keine Ahnung davon. Für die einen eine gemütliche Wohlfühloase, für die andere die Hölle auf Erden. Faszinierend, wie ein und derselbe Ort so unterschiedliche Bedeutungen haben kann. Irgendwann ist mir aufgefallen, dass ich gar nicht aufgeregt bin oder Angst habe. Ganz im Gegenteil, ich war ruhig und fühlte mich stark. Und dann hatte ich plötzlich dieses Bild vor Augen, die 15-Jährige, die da auf der Treppe sitzt und zu mir sagt: „Wird auch Zeit, dass du mich abholen kommst." Ich musste grinsen und habe geantwortet: „Wenn das so ist, dann steig ein und komm mit nach Hause." Sie ist eingestiegen, wir haben uns angegrinst und sind gefahren. Am nächsten Morgen sind wir noch mal zu dem Haus gefahren. Wir guckten uns das Haus an. Jede hing ihren Gedanken nach. Und dann sagte die 15-Jährige: „Jetzt reicht es. Das Ereignis hat unser Leben lang genug beeinflusst. Damit ist nun Schluss. Dieses Kapitel schließen wir jetzt ab. Es ist Teil unserer Vergangenheit, aber es soll nicht Teil unserer Zukunft sein. Von nun an soll es keine Auswirkungen mehr auf unser Leben haben. Wir gehen ohne Schatten weiter. Jetzt machen wir unser Leben so, wie es uns gefällt." Ich habe sie gefragt, ob wir noch mal her kommen sollen und sie antwortete: „Nein. Wir sind fertig damit."

Ich halte das aus

Ich halte das aus.
Ich halte das aus.
Ich halte das aus.
Ich halte das aus.
Ich halte das aus.
Ich halte das aus.
Ich halte das aus.
Ich halte das aus.
Ich halte das aus.
Ich halte das aus.
Ich halte das aus.
Ich halte das aus.
Ich halte das aus.

Egoismus

Egoismus besteht nicht darin,
dass man sein Leben nach seinen Wünschen lebt,
sondern darin,
dass man von anderen verlangt, dass sie so leben, wie man es wünscht.

Oscar Wilde

Jetzt

In dem Augenblick, in dem man sich endgültig einer Aufgabe ver-
schreibt, bewegt sich die Vorsehung auch.
Alle möglichen Dinge, die sonst nie geschehen wären, geschehen,
um einem zu helfen.
Ein ganzer Strom von Ereignissen wird in Gang gesetzt durch die Ent-
scheidung, und er sorgt zu den eigenen Gunsten für zahlreiche unvor-
hergesehene Zufälle, Begegnungen und materielle Hilfen,
die sich kein Mensch vorher je so erträumt haben könnte.
Was immer du kannst, beginne es …

Johann Wolfgang Goethe

Schreiben

Ich wollte immer schon schreiben, aber, es ging nicht.

Keine Zeit
Keine Lust
Keine Ahnung
Ich kann das nicht.
Das interessiert eh keinen.
Das bringt alles nichts.

Um sie los zu werden, habe ich angefangen, meine schlechten Gefühle und Gedanken aufzuschreiben.
Aus Gefühlen und Gedanken sind Wörter geworden, aus Wörtern wurden Sätze, aus Sätzen wurden Texte.

Zwei Wölfe

Ein Indianerhäuptling erzählt seinem Sohn folgende Geschichte:
Mein Sohn, in jedem von uns tobt ein Kampf zwischen zwei Wölfen.
Der eine Wolf ist böse. Er kämpft mit Ärger, Neid, Eifersucht, Sorgen, Gier, Arroganz, Selbstmitleid, Lügen, Überheblichkeit, Egoismus und Missgunst.
Der andere Wolf ist gut. Er kämpft mit Liebe, Freude, Frieden, Hoffnung, Gelassenheit, Güte, Mitgefühl, Großzügigkeit, Dankbarkeit, Vertrauen und Wahrheit.
Der Sohn fragt: „Und welcher der beider Wölfe gewinnt?"
Der Häuptling antwortet ihm: „Der, den du fütterst."

Unbekannt

Gut - Böse

Ich bin in der Tat heute der Meinung, dass das Böse immer nur extrem ist, aber niemals radikal, es hat keine Tiefe, auch keine Dämonie. Es kann die ganze Welt verwüsten, gerade weil es wie ein Pilz an der Oberfläche weiterwuchert.
Tief aber, und radikal ist immer nur das Gute.

Hannah Arendt

Die Kraft der Worte

Achte auf deine Gedanken, denn sie werden Wörter,
achte auf deine Wörter, denn sie werden Handlungen,
achte auf deine Handlungen, denn sie werden Gewohnheiten,
achte auf deine Gewohnheiten, denn sie werden dein Charakter,
achte auf deinen Charakter, denn er wird dein Schicksal.

Weisheit aus dem Talmud

Brief an meine negativen Gedanken

Ihr nervt mich.
Ihr seid da, und nehme ich euch nicht wahr. Ich bemerke euch nicht,
aber ihr richtet großen Schaden an. Ihr redet mir ein, falsch zu sein,
nicht genug zu sein, dumm zu sein. Ihr sorgt dafür, dass ich mich
schlecht fühle.

Ihr macht mich krank.
Ich liege im Bett und versuche einzuschlafen, doch ihr fahrt Karussell
in meinem Kopf.
Ihr raubt mir meinen Schlaf.
Ihr raubt mir meine Gesundheit.
Ihr raubt mir meine Nerven.
Ihr raubt mir meine Ausgeglichenheit.
Ihr raubt mir meine Kraft.
Ich will euch nicht, doch ihr seid da.
Ich suche einen Knopf um euch auszuschalten, aber ich finde keinen.
Ich wechseln den Raum, und ihr kommt mit.
Ich will euch nicht, doch das interessiert euch nicht.

Eure Nahrung sind Vergleiche, bei denen ich immer schlecht
abschneide.
Ihr habt leichtes Spiel, wenn ich unzufrieden oder genervt bin, wenn
ich mich hängen lasse, wenn ich traurig und verletzt bin, mich nicht
um mich selbst kümmere. Bin ich müde, erwacht ihr. Ihr lasst mich
leiden.

Doch nun habe ich euch durchschaut.
Ihr seid eben nur dies – Gedanken.
Ihr seid nicht die Wahrheit.
Ihr seid keine Tatsachen.
Ihr seid nicht die Realität.
Ihr seid nicht mein Leben.
Ihr seid mein Blick auf die Dinge, ihr seid meine Bewertung, ihr seid
meine Beurteilung.

Ich habe verstanden, dass niemand, außer mir,
für euch verantwortlich ist.
Ich wechsle den Standort, die Perspektive.
Wohlwollen ist mein neuer Begleiter.

Ich komme euch immer öfter auf die Spur.
Ich höre euch. Ich verwandle euch.
Aus Verdruss wird Genuss.
Aus Regen mache ich Sonnenschein.
Aus Wut wird Ruhe und Gelassenheit.
Aus Neid wird Neugierde und Aktion.
Aus Mutlosigkeit wird Ehrgeiz und Tapferkeit.
Aus Widerstand wird Akzeptanz.
Aus Lebensfrust wird Lebenslust.

Ich weiß, ich muss aufpassen.
In meinen schwachen Momenten habt ihr Hochkonjunktur.
Bin ich müde, erwacht ihr.

Bin ich träge, werdet ihr munter.

Bin ich im Stress, habt ihr leichtes Spiel.

Bin ich verletzt, bohrt ihr in der Wunde.

Ist es dunkel in mir, leuchtet ihr auf.

Ich habe euch im Blick.

Und ich habe Gegenmittel gefunden.

Ich verwöhne mich. Ich lasse es mir gut gehen. Ich mache Dinge, die mir Freude bereiten. Ich bewege mich. Ich versuche nicht zu bewerten und ich vergleiche mich nicht. Ich gebe mein Bestes und weiß, dass auch ich nicht perfekt bin. Ich setze Grenzen und mache mich frei von dem, was andere über mich denken. Ich frage mich jeden Tag, was ich Gutes für mich tun kann, ich genieße mein Leben.

Ich höre immer seltener von euch und das zeigt mir, dass ich auf dem richtigen Weg bin.

Macht's gut.

Selbstachtung

Du respektierst dich.
Du bringst dir eine wohlwollende Wertschätzung entgegen.
Du akzeptierst dich, wie du bist, mit deinen Fehlern und Schwächen.
Du vertraust dir.
Du unterlässt alles, was für dich Anlass sein könnte, sich verletzt, gedemütigt, gekränkt, abgewertet zu fühlen.
Wenn du Kritik übst, dann nur an deinem Verhalten.
Du hältst dich grundsätzlich für wertvoll und wichtig.

Rolf Merkle

Selbstbehauptung

Selbstbehauptung ist die Fähigkeit,
die eigenen Bedürfnisse, Begierden, Wünsche und Werte
gegenüber einem anderen auszudrücken,
und zwar ohne Angst
und indem man den anderen in dem, was er ist,
und als das, was er ist, achtet.

Rolf Merkle

Liebenswert

Dich selbst zu lieben und zu achten, heißt,
dich für liebenswert zu halten,

wie auch immer du dich fühlst,
was auch immer du tust oder denkst,
wie auch immer du dich verhältst,
wie auch immer du aussiehst,
was auch immer du erreichst oder leistest,
wie viel oder wenig du auch immer besitzt,
auch wenn andere dich ablehnen.

Rolf Merkle

Was Menschen brauchen

Freiheit Würde
Respekt
Autonomie
Selbstbestimmung

Effektivität Anerkennung
Beitrag Wachstum
Sinn **Entwicklung**
Engagement

Kraft Unterkunft
Nahrung Schlaf
Bewegung Wärme
Gesundheit

Stimmigkeit Einklang
Identität
Authentizität

verstanden werden
Empathie
Gleichbehandlung

Leichtigkeit **Ruhe**
Entspannung
Gelassenheit Erholung

Ausgewogenheit Ästhetik
Kreativität
Inspiration Harmonie

Zusammenarbeit
Ehrlichkeit
Kontakt **Verbindung** Vertrauen
Wertschätzung Gemeinschaft
Akzeptanz
Nähe/Intimität

Schutz Struktur
Sicherheit
Klarheit

frei und angekommen

**Jetzt mach' ich mir mein Leben,
wie es mir gefällt.**

weil ich es

mir wert bin